KB237331

청어詩人選 77

이선명 시집

내가 사랑한 그리움

청어

내가 사랑한 그리움

이선명 지음

발행처 · 도서출판 청어
발행인 · 이영철
영 업 · 이동호
기 획 · 최윤영 | 김홍순
편 집 · 김영신 | 방세화
디자인 · 김바라 | 오주연
제작부장 · 공병한
인 쇄 · 두리터

등 록 · 1999년 5월 3일(제22-1541호)

1판 1쇄 발행 · 2011년 3월 5일
1판 2쇄 발행 · 2011년 11월 5일

주소 · 서울시 서초구 서초동 1588-1 신성빌딩 A동 412호
대표전화 · 586-0477
팩시밀리 · 586-0478

블로그 · http://blog.naver.com/ppi20
E-mail · ppi20@hanmail.net
ISBN · 978-89-94638-32-4 （03810）

이 책의 저작권은 저자와 도서출판 청어에 있습니다.
무단 전재 및 복제를 금합니다.

내가 사랑한
그리움

시인의 말

바람처럼 슬프게 웃는다
흔들리는 지난날의 열정

언제나 자유롭고 싶었다
사라지는 것이 아니라
보이지 않는
선명한 흔적이고 싶었다

바람은 한 길로
억새는 수십 갈래로 흔들린다

꿈은 현실이지 못해 더 애틋한가

삶을 기억하고 기다림을 배운다
바람처럼 슬프게 웃는다

– 이선명, 「억새 사이로」

제1부

하롱베이들의 꾸찌를 지나며

제3부

시린 별 하나

제4부

이사를 가기로 한다

제1부

하롱베이들의 꾸찌를 지나며

비누

씻어주고 싶다
씻어주고 싶다

더러운 것이 아니라
이상한 것이 아니라

당신을 당신답게
나를 나답게
더욱 우리다울 수 있도록

당신의 마음을
나의 마음을
우리의 사랑을

삶이 시가 되고
시가 비누가 되고

씻어주고 싶다
씻어주고 싶다

사춘기였네

만홧가게를 했었지 엄마는 독서실이라 거짓말했지만 아들은 만화가 좋았지 성적은 점점 떨어졌어 엄마는 1등을 하길 바랐지만 아들은 웃음이 더 많아졌지 한참 웃던 어느 날, 엄마가 낯선 남자를 소개했어 그리고 아들의 반대에도 엄마가 재혼하던 날 하늘에선 눈이 내렸지 만홧가게는 문을 닫았어 아들은 이제 웃지 않았지

만화책이 없는 거라
웃을 일도 없는 거지
하늘에선 눈이 내렸어
내일이면 아들은 어른이 되는 거지

십 년 지난 아버지가 보고 싶은 것이 아니라 이제는 아버지가 필요 없는 거라 하지만 엄마는 남편이 필요한 거지 얼굴이 꽁꽁 얼어 빨개진 뺨에 눈이 내려 빙판길이 생겼어 사실 아버지는 언제나 필요한 거라…

흐리지만 또렷한 기억들
지우려 씻으면 씻을수록
더 선명해지는 지난 그리움들
그래도 나 사랑을 믿었네

동행의 법칙

너와 나
우리가 사는 세상은 합집합이다
크기나 모양에 상관없이
서로가 서로에게 영향을 주고받으며 살고 있다

너와 내가 만나 사랑하면
우리는 교집합이 된다
서로가 모두 같을 수는 없지만
함께 같음을 공유하며 서로를 위로한다

그러나 우리의 이별은 공집합이다
어디든 완전한 공집합은 없지만
서로를 서로에게서 비워가며
같음도 다른 것이 되었다 말한다

그리하여 너에 대한 모든 것은
나로부터 여집합이 된다
함께 웃을 수 없고
함께 만날 수 없는
서로는 서로의 영향력에서 멀어져
혼자가 되는 것이다

삶은 누구에게나 유한집합이지만
고민은 항상 무한집합이다
너와 나는 합집합이 될 수 없지만
온전한 공집합도 될 수 없다
그래서 서로가 서로를 독립된 집합으로 인정해야 한다
다만 한둘의 원소가 힘겹더라도

무정란의 꿈

내가 무엇인지 궁금했다
더디 가는 시간을 기다리며
곰곰이 부화를 준비한다
하지만 나는 차갑기만 했다

밖에서 소리가 들리는데도 깨고 나가지 못했다 이리저리 출
렁이며 무정란이란 것을 알았다 껍질은 얇고 나는 다 채워지
지 못한 채 출렁이고, 갑자기 금이 가는 것이 두려웠다 질질
새고 나면 껍질뿐인 것이다 금이 가 흘러 결국 비워지는 것
이다

모든 알이 새가 되지는 못했다
하지만 바위를 치는 알이 있어야
깨어지는 바위도 생겨날 것이다

무정란은 다시 고민하기 시작했다 여전히 밖에서 소리가
들리고 있었다 포기할 수 없었다 밖으로 나가는 것은 끝을
의미했지만 날 수 없어도 껍질을 깨고 나가기로 했다 바위
를 깨기 위하여 부서지기로 했다 어쩌면 부서져야 날 수 있
는지도 몰랐다

하롱베이들의 꾸찌를 지나며

G7 커피를 마신다
달걀도 빵도 따뜻해 불만이 없다
형체를 알 수 없는 기쁨
자연스레 다시 만나기 시작했다
뜨거운 여름날의 시작처럼

남자는 쌀값이 없어 고개 숙인 채 부모를 찾았다 여자의
남자는 미친 놈, 하지만 그 남자의 외로움에 눈물이 난다
자꾸만 심해지는 자폐증, 결혼도 하기 전에 혼인신고를 하고
흔들리는 남자 때문에 운다 좌초하고 있었다 여자는 다시
보험을 시작했다

열대야로 잠 못 드는 밤
함께 모여 수다를 떤다
밥을 먹고 과일을 먹고 마음을 먹고
기도 소리가 점점 커져간다

밤을 꼴딱 새고 나니 주일이다 우리는 서로를 떠나보내
며 다시 만날 것을 약속했다 사실 그들은 전부 나였지만 여
럿이 모이니 처음으로 돌아가 있었다 어제와 같은 오늘이
지만 하롱베이, 안식이 모이고 있었다 서로를 위로하는 꽃
씨가 되어 있었다

너와 나 우리의 시간

빈 주머니에 너를 넣어본다 전부 채울 수 없는 한참이나 남은 공간, 부족하다 다 채울 수 없는 너를 다시 끄집어낸다

빈 주머니에 나를 넣어본다 흔적도 없이 사라지는 형체, 그림자처럼 차지하는 공간들, 다 채울 수 없는 나를 다시 끄집어낸다

빈 주머니에 우리를 넣어본다 여전히 널찍한 우리의 공간, 아직 모자란다 다 채울 수 없는 우리, 지친다 그냥 두기로 한다

쌓이는 시간과 싸우는 시간, 그리하여 너와 나는 성장통을 겪듯 아프게 자라가기 시작한다 잠시 더 지켜보기로 한다

주머니에서 꺼내는 우리와 쪼그라들듯 작아진 주머니, 숙성된 너와 나는 이제 분리되지 않는다 너와 나는 형체도 없이 우리가 되었다 다시 집어넣지 않아도 된다

내가 사랑한 그리움

전혀 알지 못하는 어떤 때를 그리워한다
너를 향한 내 마음처럼
우리의 만화는 끝이 났다
장르는 명랑만화로 시작해 로맨틱코미디를 지나
다시 호러나 공포로 바뀌고 끝내 판타지가 되었다

학교를 떠나기 전 마지막 날의 교정과
다리 없는 새가 날아다녔던 우리의 여행
너 떠난 곳에 시간을 놓는다
처음 만났던 붉은 69번 버스 그리고
나도 모르는 시간 속에 불구속입건 되어버린
너와 나의 수상했던 휴가

이제 너를 자주케 하리라
아무것도 아닌 가장 무서운 것이 되어
너 또한 하나의 목마름으로
다음 정거장은 그대가 서 있던 종착역이길 기대하며
내가 사랑한 모든 것을 향한 저주처럼
너를 기억하려 한다

이봐요
당신은 아직 내가 걸어야 하는 중독이 아니죠
홀로 떠나기를 약속하는 패스포트였다
떠나는 사람과 기다리는 플랫폼
내가 사랑한 모든 것은 그리움이었다
너를 향한 길은 흐린 별빛이 머무는 하늘이었다

평행선 위의 기차

기차 안의 기차
지나간다
영원히 만나지 않는 평행선 위에
사람이 사람을 만나기 위해

기차 안의 철길
지나간다
다시 만나고 싶은 평행선 위로
사람과 사람이 헤어진다

평행선은 만나고
또 헤어지고
사람과 사람 사이
너와 나의 시간이 지나간다

기차 안의 달리는 기차
마주 보며 걷는 평행선
풍경도 없는 기다림이 지나간다
사람과 사람 사이

지구 속 시인

지구에 살고 있는 너는 지구인이니?

지구를 헤매는 나는 외계인이다

적응에 실패한 우리를 시인이라 부른다

적응에 실패한 외계인들이 구호를 요청하고 있었다 우리
가 쌓은 바벨탑은 너무 높았고 서로는 교신하지 못하고 무인
도에서 불시착했다 하지만 구하러 오는 이가 없었다 누구
도 그들의 말을 알아듣지 못했다 못 알아듣는 소리는 소음
이었다 소음에 지구는 귀를 막았다

살아서 구조될 수 있을까?

글쎄,우리의 노력에 달렸겠지

소음이 다시 노래가 된다면 지구인도 들을 수 있을지 몰라

사랑을 싣고 떠난 입영열차

그날 밤 우리는 정말 많이 마셨지
문을 열고 들어간 삐걱거리는 나무계단
흔들리는 촛불처럼 빛나는 태양

해변, 기차, 불꽃놀이 그리고 한 컵의 눈물
어항 속으로 들어가는 편지들
감기가 싫은 것은 면역이 없기 때문이지

고인 물처럼 담아둔
어느 푸르른 날에 곤충처럼 채집되어
다시 허우적대고 있는 삶

내가 바라보는 하늘엔 카메라가 없어
불어 꺼진 태양을 기다리며
스무 살은 스무 병의 술을 마셨지

고맙다, 오늘도 밥맛은 참 없다
시간의 틈에 끼어버린
잠들지 않고 멈춰 선 검은 하늘

희미하고 또 눅눅한 바람이 분다
다시 너에게 가려 했던 삐걱대던 나무계단
그날 우린 나도 잊은 채 마셨지
더 분명해지는 한 컵의 너처럼

고양이에 관한 보고서

주인을 잘못 만난 고양이는 살이 찌고 주인이 없는 고양이
는 도둑질을 한다 살이 찐 고양이는 병에 걸려 죽고 도둑고
양이는 차에 치어 죽는다 고양이는 태어나도 축복받지 못했
고 삼 년이 지나면 복종하는 대신 본색을 드러냈다

달빛 눅눅한 밤, 살이 찐 고양이도 밖으로 나선다 밖에서 울고
있는 고양이가 도둑질을 가르쳐주기로 했다 이제 아이처럼
울어도 아이가 아니다 처음부터 돌보는 이도 없었고 스스로
를 위해 살찐 고양이와 배고픈 고양이는 함께 살아가기로
했다 약속대로 새끼는 낳지 않기로 했다

고양이는 처음부터 아이처럼 울었다
하지만 제대로 돌보는 이가 없어
방바닥을 헤매거나 거리를 헤맸다
개체 수는 점점 줄어들었고
생선은 넘쳐나도 미래는 없다

종이컵 그리고 사랑

오직 한 사람과 입맞춤을 하려 한다
내 안에 담은 것과 상관없이
운명처럼 가벼운 나의 존재는
오직 한 번만을 허락받았다

한 사람과의 목숨 같은 짧은 교류
마음이 하나뿐이듯 사랑도 한 번뿐이다
그리하여 나의 사랑은 첫사랑이며
또 마지막 열정이다

나는 외롭지 않다 아니 그럴 수 없다
내가 담은 것을 그대도 담았으니
결국 잊히는 가벼움일지라도
한 번뿐인 사랑엔 후회란 없어야 한다
모든 것을 걸고 사랑해야 했다

그날 우린 나도 잊은 채 마셨지
더 분명해지는 한 컵의 너처럼
그리고 모든 것을 걸고 사랑해야 했어

성장일기

너는 이미 소멸했고 덤덤히 배설했다
또 몇 번이 남았고
또 몇 번이 지났는지 모르지만
나는 너와의 조우를 헐벗듯 고민한다
약속한 것은 아니었지만
너는 번번이 내게로 왔다

나의 구순기는 항문기가 되었다
냄새가 났고, 독이 올랐고, 갑갑했다
새로운 쾌감은 다시 우울을 선물했고
욕심은 다시 남근기를 부르기 시작한다
너의 방황하는 잠복기는 다만
다가갈 수 없는 먼 나라의 동경이다

또 상상한 날은 죽어도 오지 않을지 모른다
나의 생식기가 생명으로 몽정을 시작할 때
나의 드라마는 이미 끝이 날지 모른다
하지만 아직 용쓰듯 희망한다
나는 벌써 세 번 배설했다
숨어서 웃고 있는 먼 너를 만나리라

엄마의 가슴

꽃봉오리처럼 곱고 예뻤던
엄마의 따뜻한 가슴
아들은 엄마의 세월을 더듬는다

늦둥이 아들은 장가를 가고도
한참을 더 속을 썩였지
따뜻하던 엄마의 가슴이 마르고 닳도록

아빠가 되고서야 알게 된 마음
그래서 눈물은 멈추지 않고
엄마의 가슴은 더 따뜻하고

마흔 넘은 막내아들이 침상으로 파고든다
마른 엄마의 가슴을 만지며
소리도 없이 운다
언제나 따뜻한 엄마의 마른 가슴

시간을 달리는 버스

낯설지만 너무 낯설지는 않아야 한다 버스는 너와 내가 들어 있을 만큼 넉넉히 비워져 있어야 한다 그래야만 서로를 위로할 수 있다 상처는 아물기 시작할 것이다 도착지를 알지 못했지만 두려워하지 않는다 이것은 성장이 아니라 치유를 위한 노래, 시작이 곧 도착이었다 늘 훈장처럼 달고 다니던 거짓을 뒤로한 채 참 나와 만나기도 한 것이다

그리하여 우리의 여행은 시작되었다
처음부터 출발만 있을 뿐
가는 길이 외롭지 않아 우리는 지치지 않았다
하지만 잠시 두려운 것은
너와 내가 아직 영글지 않았기 때문이다

다 채워지기 전에 우리의 걸음은 치유되고 있었다 내가 너
를 안고 너는 다른 나를 안으며 서로는 위로되고 있었다 버
스는 산을 오르고 굽이굽이 어두운 밤길에 지나 스치는 버
스를 향해 손을 흔들었다 그것은 다만 지난 것들에 대한 작
별의식이었다 다 채워지지 않아야 다시 채울 수 있었다 그
래서 여행은 처음부터 끝도 없이 시작되었다

아버지를 만났다
어머니를 만났다
용서할 수 없는 슬픔을 용서한다
처음부터 우리의 잘못이 아니었다
버스가 지나는 시간이 말해주었다
다만 삶이 비틀고 간 장난 같은 것이었다고

용서할 수 없는 슬픔을 용서한다
처음부터 우리의 잘못이 아니었다
다만 삶이 비틀고 간 장난 같은 것이었다

가을 소리

바람이 분다
강은 흐르고
낙엽이 구른다

코스모스 흔들리고
갈대가 울고
노란 은행잎이 떨어지고
삭막한 도시에도 가을이 온다

여행을 떠나는 이들의 웃음소리
기차의 설렘과
산길을 오르는 숨소리
사람들의 무심한 마음에도 가을이 온다

비가 내린다
창을 두드리는 추억
따뜻한 커피와 라디오 소리
사람이 그리운 내 마음에도 가을이 온다

바람이 분다
강은 흐르고
낙엽이 구른다

책 읽는 집에 젊은 시인이 산다

　TV 소리도 없이 사람 소리도 없이 젊은 시인이 산다 아침에 슬픈 얼굴로 출근을 하고 저녁에 지친 얼굴로 돌아오는 시인, 언젠가 꿈은 전업 시인이라 했다 오늘도 서점에 들렀는지 책 몇 권을 사 들고 왔다 읽을 시간도 없이 책만 쌓이고 있다

　늘 집은 소리도 없이 텅 비어 고요하다 집은 시인 대신 홀로 남아 시인처럼 책을 읽고 있다 읽을 시간도 없이 쌓이는 책을 덜어내고 있다 어느새 집은 더 시인다워졌다

　오늘도 슬프게 출근을 하는 시인, 집은 시인을 보며 시인이 웃는 것이 꿈이라 했다 어느새 전업 시인이 다 되어가는 집과 샐러리맨이 다 되어가는 시인, 책 읽는 집에 젊은 시인이 산다 집은 더 시인다워지고 시인은 더 사람다워진다

2009년 10월 31일 오후 3시 비 온 뒤 맑게 갬

너에게 갇힌 섬

바다를 자르고
산을 자르고
내 방에 담으니
호수에 섬이 떠간다

사랑은 발견이 아니라 발명이었다 꽃향기에 젖은 바다 아닌 호수, 섬은 둥둥 방을 벗어나지 못하고 파도가 없어 서운한 하루, 내 시선은 너의 등에 있고 너의 시선은 저 멀리 별이 되어 빛나고 있다

삶을 자르고
너를 자르고
내 방에 담으니
사랑은 오아시스가 되었다
신기루처럼

기차를 타고 바다로 가는 내일

　자전거가 고속기차를 타고 바다로 간다 바다는 지금 겨
울, 그런데도 자전거는 내일을 싣고 기차를 달려 바다로 간
다 갈매기처럼 날고 싶어 했지만 바다는 걸어가는 것이 옳
았다 한 발 한 발 모래를 밟으며 스스로 무너져 내려야 하
는 것이다 그래야 다시 돌아갈 수 있다 수장되어 가는 어제
들, 잠잠히 웃어라 그리고 돌아서라 준비하지 않은 어제는
다만 낙엽 지듯 쓸쓸할 뿐, 자전거는 천천히 모래를 걷는다
푹푹 빠지는 삶을 건지며 다시 기차를 타고 집으로, 여행은
이제 시작된 것이다 다시 현재에 도착한 것이다

사랑은 발견이 아니라 발명이었다
꽃향기에 젖은 바다
다시 사랑은 오아시스가 되었다

만나고 사랑하는 것

한 사람을 만난다는 것은
상처 하나를 치유하는 것이다
내 마음 어느 언저리
쓰린 기억 하나에 딱지가 앉는 것이다

그러나 한 사람을 사랑한다는 것은
다른 상처 하나를 만드는 것이다
삶의 어느 한편이 무너져
낯선 이름으로 낙서되는 것이다

만나고 사랑한다는 것
또다시 삶을 기억하는 것
때론 이별이 아름답지 않을 수 있다
때론 사랑이 더 큰 외로움일 수 있다

하지만 사람은 사랑으로 살아간다
순간의 황홀함일지라도
모래알처럼 빠져나가는 시간의 그림자가
남은 시간을 살아갈 힘이 되어준다

추억하는 사람이 더 행복하게 웃을 수 있다
지난 것은 지나가지만
사람이 사람을 만나고 사랑하는 것은
기다림만큼의 소망을 미소로 화답한다

고백

고백하건대
느리게 지은 밥처럼
니가 좋다

간장은 체하는 법이 없듯
그래서 너를 사랑하나 보다
다섯 살 겁 없는 아이처럼

거짓말처럼 니가 좋다
옹기 안의 김치처럼
배고파 먹는 밥처럼

묵은지에 보리밥
풋고추와 시골 된장처럼
니가 참말 좋다

냄새나는 열매

더 이상 오를 곳이 없는 사람은
내려와야 한다
더 이상 오를 수 없는 사람도
내려와야 하고
처음부터 오를 수 없었던 사람도
처음처럼 내려올 자리에 있어야 한다

장수하고 있는 은행나무는 가을이면 똥 냄새가 난다 파
란 옷을 노란 속옷으로 갈아입고 그것마저 벗을 때쯤엔 어
김없이 똥 냄새가 솔솔 나는 것이다

어린이대공원 가는 길에 도착을 십 분 정도 앞두고 똥 냄
새가 나기 시작했다 더 이상 오를 수 없는 사람과 더 이상
오를 곳이 없는 사람들이 처음부터 오르지 못했던 사람들
과 엉키는 은행나무 외길, 그래서 은행나무는 똥 냄새가 났
다 냄새의 주범인 그것을 사람들은 열매라 했다

순간의 황홀함일지라도
모래알처럼 빠져나가는 시간의 그림자가
남은 시간을 살아갈 힘이 되어준다

32시 289분 오후초

다 쓴 일회용 종이컵

그 안에 들어 있는 말라가는 녹차 티백

모나미 153 볼펜과 지우개 달린 뭉툭한 연필

색이 다른 형광펜 두 자루와 연필꽂이

손목시계, 임대 핸드폰

껌벅이는 커서와 초점 없는 시선

엷은 졸음, 시간과 시간 사이

미래도 없이 현실만 존재하는

금요일 오후 3:08

바람이 없다 그리고

나도 멈춰 있다

너무 섭섭해하지 말아요

하나는 널 줄게 다른 하나는 이미 주기로 약속한 사람이 있
어 내가 가진 것이 두 개뿐인데 하나는 널 주고 다른 하나
는 이미 약속한 사람에게 주는 거야 내겐 남는 게 하나도
없어 너에게 하나를 주는 것은 사실 다 주는 거야 이미 약
속한 사람이 사실 사람은 아니거든 난 가진 것이 없어 더
행복해졌어 이미 다 주었으니까

두 개로 나누고
하나를 당신에게 줍니다
남은 하나마저 주고 싶지만
이 하나는 꿍돈으로 드려야 하니
섭섭해하지 말아요
욕심을 부리면 안 되는데
당신은 내게 욕심이니까
하늘에 아부를 좀 해야 해요

2009년 10월 31일 오후 3시 비 온 뒤 맑게 갬

인생의 나이테가 화석처럼 굳어진 손등
어머니의 거친 세월의 흔적을 따라
아들은 결혼을 하고 어머니는 더욱 늙어 가신다

늘 따뜻했던 어머니의 야윈 그늘
"엄마 울지 마세요 기쁜 날이잖아요
눈물이 날 것 같으면 속으로 닐리리야"
세월이 한 번 웃는다

10월의 마지막 날
이제 슬픔은 잊혀진 계절이 될지니
하늘에선 미안한 비가
조금 내리다 곧 무지개가 된다
"닐리리야 닐리리야"
오늘은 큰아들 장가가는 날

시를 따라 간 시집

　시집을 오고서야 시집을 읽기 시작하는 아내, 옛말은 틀
린 법도 없이 결혼을 해야 철이 드는 것이다 시인은 매일
잠을 설치지만 삶은 한 치나 더 깊어진 것이다 마냥 기쁘지
않아 더 행복한 삶은 점점 시를 닮아가고 철부지 아내는 더
욱 사랑스러워지는 것이다

　남편은 다시 시를 쓴다
　시집은 시집을 가기 위해 쓰여졌다
　아내도 시를 읽기 시작한다

　시는 다시 노래가 될 것이다 노래는 기쁘지 않아도 아프
지 않다 시는 점점 삶을 닮아가고 여자는 아내가 되어간다
남자도 남편이 되어가듯 시로부터 시가 온 것이다 시를 따
라 간 시집이었다

　시집을 가서야 시를 읽는다
　사랑은 다시 시가 되고
　시는 다시 삶이 된다

삶은 물속을 걷는 것이라네

삶은 물속을 걷는 것이라네
때론 숨 쉬기조차 어려울 때도 있지만
그래도 혼자가 아니니 웃을 수 있다네

한 곳에 머무르지 못했고
조류에 따라 이리저리 휘청였지만
너무 힘들면 물 밖으로 나와
잠시 휴식을 취하듯
걸어온 먼 길을 돌아보며 숨을 고르고

삶은 물속을 걷는 것이라네
오색 열대어가 소곤대듯 모여들고
햇살이 심연으로 들어와 길을 비추는
삶은 그래서 살아볼 만한 것이라네

깊어질수록 더 고요해진다네
삶은 외롭지 않아야 한다네
그래서 우리는 사랑한다네

아내

집 안에 해가 떴습니다
집으로 돌아오는 길이 외롭지 않게
환한 햇살이 지친 골목을 비춰옵니다

집 안에 해가 떴습니다
그 눈부심에 부끄러워
색안경을 쓰려고도 했지만
삶은 점점 거짓 없이 밝아옵니다

집 안에 해가 떴습니다
그 빛은 언제나 따뜻합니다
한 사람을 사랑하고
행복이 무엇인지 배워갑니다

집 안에 해가 떴습니다
남편의 얼굴이 밝아옵니다
남편의 얼굴은 아내의 얼굴입니다
우리 집에 해가 떴습니다

결혼 그 물음에 답하며

내가 너에게 가는 동안 걸린 시간은
눈물이었다
사람과 사람이 만난 야속함은 바삐 가는 시간과 헤어짐
그리하여 서로에게 건넨 선물은 추억과 기다림이었다

준비하지 못한 내일을 무모하게 인정해버린 결혼과
차곡차곡 쌓이는 너와 나의 닮아가는 삶
하지만 사람과 사람이 만나 가장 필요한 것은
배려였다

사랑하기 때문에 그것이
약속인 것이다
너와 내가 살아가는 이유이며 또 풍경이 되어준
무모하고 겁 없는 방향
엷은 미소로 서로를 바라보며 다시
허락하는 것이다

다리

나는 이미 달라져 있었다
이편의 나와 저편의 내가 걸어와
다리를 건너고 있다

육지와 섬을 잇고
또 나와 나를 잇는
사람과 사람의 다리

한 사람은 과거로부터
한 사람은 미래로부터
서로를 격려하며 건너고 있다

나는 이미 개명되고 있었다
연결은 다시 이름을 얻는 것이다
사람을 새롭게 하는 것이다

깊어질수록 더 고요해진다네
삶은 외롭지 않아야 한다네
그래서 우리는 사랑을 한다네

가을 줍기

낙엽을 쓸지 말아요
내 지난 시간의 부스러기를 지우듯
삶을 숨기지 말아요
이 가을
밤이 깊고 깊은 것은
다시 나를 고민해야 하기 때문이니
그대여 낙엽을 밟아요
추억을 담듯 삶을 걸으며
바스락 바스락 시간의 소곤거림을 따라
함께 옛 노래 불러요
아직 가을은 깊어가고 있으니
그대여 낙엽을 쓸지 말아요

살짝 눈을 감아보세요

혼자서 아이스크림을 먹을 땐
살짝 눈을 감아보세요
달기만 했던 어린 시절로
아이처럼 돌아가 보세요

길을 다 가 단풍잎을 만나거든
살짝 눈을 감아보세요
단풍잎이 맞았던 비와 바람과 햇볕을
함께 호흡해보세요

창을 열다 바람이 불면
살짝 눈을 감아보세요
바람이 걸었던 수많은 길들을 따라
여행을 떠나보세요

살짝 눈을 감아보세요
삶 가운데 미소를 지어보세요
모든 것이 감사로 넘치면
삶은 마구 행복해지고 맙니다

아내가 집에 오는 날

아내의 발을 내 발 위에 포개고
춤을 추기로 했네
콧노래 부르며
이마에 송골송골 땀이 맺힐 때까지

아내가 웃을 때
행복이란 춤추는 것이라 생각했네

뽀뽀는 백만 번쯤 하고
눈부처 되기도 한 시간을 하기로 했네

새로 산 요리책의 음식을 모두 만들어 먹고
저녁엔 함께 기도하며 잠들기로 했네

아내가 웃을 때
행복이란
둘이 함께 잠드는 것이라 생각했네

맹장수술과 거듭남

몸 안에서
풍선이 부풀어 오르듯
뻥하고 터진다

하지만 울며 참았다
예수님처럼 옆구리가 아팠다
아픔엔 이유가 있었다

수술은 끝이 났다
이제 다시 밖으로 뻥 터져야 한다
그래야 또 살 수 있다

죽고 산다는 것은
뻥하고 터지는 것
그리고 냄새가 나는 것

삶은 아프고
뻥하고 터져야 한다
봉합되고 거듭나고 있었다

내 마음도 주인을 잃어 그리움만 쌓이고 있다

국사 교과서

내 이름을 검색한다
드라마 주인공
죽이지 말고 살려달라고 한다
다시 내 이름을 검색한다
임꺽정의 무리가 전염병처럼 창궐할 때
치안을 담당하고 안정을 위해 노력했던 조선 중기의 중신
그리고 다시 나
몇 편의 시와 세 권의 시집
진짜 나는 없고 나 같은 것들만 검색된다

낯선 나와 나들과 역사
지워지지 않는 흉터 같은 거짓 이름
한 번도 세상에 창궐한 적 없는 나
흐르지 않는 역사
그리고 다시 흐르는 시간
내 이름을 검색한다
드라마 주인공도 아니고
조선 중기 중신도 아니고
동해 바다, 해가 처음 떠오르는 무인도
진짜 나는 있어도 나 같은 것들만 검색되는
그래도 역사는 흐른다

눈 내리는 밤

운동장은 주인이 없어
아직도 눈이 쌓여 있다
내 마음도 주인이 없어
아직도 너를 그리워한다
창밖엔 눈 대신
밤이 내리고
빙판길처럼 얼어버린 시간
삶도 꽁꽁 묶여
결국 터져 나온다

하늘엔 주인이 없어
다시 눈이 내리고 있다
내 마음도 주인을 잃어
그리움만 쌓이고 있다

비듬처럼 눈이 내리면

비듬처럼 눈이 내리면 우산을 써야 한다
눈 내리는 풍경이 아름답지 않은 것은 아니나
눈 녹은 다음 날의 질퍽거림처럼
그리움이 쌓이면 삶도 질퍽거린다

비듬처럼 눈이 내리면 우산을 써야 한다
하얗게 쌓인 눈처럼 그대가 그립지 않은 것은 아니나
눈 내린 다음 날의 빙판길처럼
그리움이 쌓이면 삶은 연탄길이 되어야 한다

그리하여 비듬처럼 눈이 내리면 우산을 써야 한다
추억의 부스러기로 만든 그리움처럼
눈사람이 반갑지 않은 것은 아니나
긴 겨울밤이 지나고 나면 다시
시린 바람을 품고 기다려야 한다

그리움에 문을 열고

슬픔이 오지 않는 섬처럼 출렁이려 했다

오랜 밤의 못다 한 이야기들

방전되어버린 시선과

한 컵의 물처럼 쏟았던 이름

아침을 잊은 달의 수다처럼

차갑고 쓸쓸한 하얀 그리움

누군가 울어야 했던 밤

미명처럼 밝아오던 선명한 한 사람의 얼굴

비가 내리지 않는 하늘처럼 푸르고 싶었다

다시 흥건한 그리움의 문을 닫고

쏟았던 물처럼 닦아내는 한 사람의 이름

오후 네 시 십칠 분부터 이십오 분 사이

껌에 붙어버린 시간
오후 네 시 십칠 분
일도 잠시 풀이 죽어 지칠 때쯤
오늘은 일찍 집에 들어가련다
붕어빵 한 봉지와 콜라 한 병
두 손 가득 수다거리를 들고
아내와 오래도록 마주 앉아
고민 없이 세상을 흉보리라

껌에 붙어버린 시간
아직도 오후 네 시 이십 분
퇴근하기 한 시간 사십 분 전
아내가 절로 생각나는 시간
오후 네 시 이십오 분

길 위의 사람들

길이 생겼다
길옆에 길이 생기고
길과 길이 엇갈려 지나간다

길 위로 사람이 지나간다
사람 옆에 사람이 지나가고
사람과 사람이 엇갈려 지나간다

길이 생기기 전 누군가 먼저 지나가야 했고 그는 방향을 찾
아 고민해야 했다 처음부터 방향은 방향이기보단 희망이었
고 길은 길과 길 사이에 넘쳐나기 시작했다 이제 어떤 길도
틀리지 않았다 하지만 최초의 길이 생기고 길옆에 다시 길
이 생기고 길과 길이, 사람과 사람이 엇갈리기 시작하면서
다시 방향을 잃기 시작했다 길과 길, 사람과 사람 사이에서
나침반이 사라졌다

사람과 사람 사이

　사람과 사람 사이에 띄어쓰기를 무시하고 쓰기 시작하면서 오해가 생기기 시작했다 차츰 높임과 낮춤도 무시되고 마침내 서로는 소통하지 못하게 되었다 사람과 사람 사이를 붙여 쓰는 것은 쉬운 일이었으나 다시 띄어 쓰기 위해서는 원칙이 필요했다 하지만 원칙은 변질되었고 사람과 사람 사이에 새로운 경계가 나타나기 시작했다 무리는 무리를 억압했고 강한 것은 약한 것을, 약한 것은 더 약한 것을 무시하며 붙여 쓰기 시작했다 그 간격은 이전보다 더 좁아졌다

　이제 사람과 사람 사이엔 이야기가 없었다 다만, 오해와 경계로 서로를 구분하고 나누며 파괴하기 시작했다 처음 붙여쓰기를 시작하면서는 생각하지도 못했던 혼란이 야기되었다 누구의 책임도 없이 무너지기 시작하면서 변질된 경계마저 흐려지기 시작했다 되돌리는 것은 다시 쓰는 것이었으나 누구도 자신의 자리를 내놓으려 하지 않았고 결국 의미 없는 낙서처럼 비소통의 시대가 도래했다 종말의 시대였다

사람과 사람 사이에
띄어쓰기 한 칸
삶과 삶 사이에
다시 띄어쓰기 한 칸
믿음은 서로에게 두 칸씩 양보하는 것
하지만 두 칸의 여유가 없어 세상은 무너져갔다

길이 생겼다
길옆에 길이 생기고
길과 길이 엇갈려 지나간다

믿음은 서로에게 두 칸씩 양보하는 것
삶과 삶 사이 다시 띄어쓰기 한 칸

추억

꽃은 한 계절을 넘지 못하고 시들며
그 향기는 허공중에 날아가 흩어지나
오래도록 남는 것은 삐져나온 듯한 한 올의 기억
좋았거나 혹은 슬펐거나
나는 너를 사랑했다

오래 남은 기억은 모두가 그리움
그리움은 언제나 기다림
기다림은 또 오래오래 기억되었다
좋았거나 혹은 슬펐거나
나는 너를 사랑한다

귀를 기울여본다

귀를 기울여본다
바쁘게 가는 시간과 무심했던 마음
나도 잊은 듯 지내온 것은 아닌지

귀를 기울여본다
어느새 귀뚜라미 울고 있었다
그리운 사람이 더 그리워지는 계절

따뜻한 커피 같은 사람을 생각한다
나도 그런 사람이 되고 싶다
많은 말 대신 따뜻한 마음을

떠난 것들이 더 그리워지는 하늘
바람이 시간 저편에서 불어온다
소곤소곤 속삭임을 따라
귀를 기울여본다

서울

서울은 온기가 묻어나지 않는 도시였다
사람들은 서울을 추워했다
그러나 그들이 모인 곳에 꿈이 있었다

꿈은 따뜻했다
소수만이 꿈을 이루었지만
마음속 꿈은
이루지 않아도 아름다웠다

어둠 속의 별처럼 희미하게 빛나도
사람은 희망이었다 희망은 또 삶이었다
서울은 가장 많은 사람이 살고 있는 도시였다

사람들은 서울을 그리워했다
많은 사람이 살고 있어 여전히 외롭지만
꿈은 언제나 따뜻했다
서울은 희망이었다

여기는 희망입니다

여기는 부산입니다
봄이 오듯 부산에 와 있습니다
생각만큼 좋지는 않지만
그래도 감사하는 마음이 더 큽니다

여기는 신라대 공학관 705호입니다
꽃이 피듯 이곳에서 나를 살고 있습니다
생각만큼 재미있지는 않지만
그래도 전보다 웃을 일은 더 많아졌습니다

여기는 우리의 집입니다
열매가 맺듯 둘은 함께 있습니다
생각만큼 행복하진 않지만
그래도 지금이 가장 행복한 순간인 것 같습니다

여기는 나입니다
겨울이 오듯 따뜻한 나를 준비 중입니다
생각만큼 쉽진 않지만
그래도 꿈은 더 커져 있습니다

아내와 놀이터

아내는 놀이터에 와 있습니다
남편을 기다릴 때도
아이와 함께 있을 때도
때론 혼자서도
아내는 놀이터를 찾습니다
그네에 앉아 달까지 차올라보기도 하고
골똘히 고민하며 맨땅에 글을 쓰기도 하고
미끄럼틀에서 미끄러져 내려오기도 합니다

아내는 놀이터에 와 있습니다
때론 남편이, 아이가 혹은 삶이
아내를 자꾸만 불러냅니다
착한 아내는 화를 내거나 눈물 흘리는 대신
놀이터에 나와 노래를 부릅니다
노래는 노래이기보단 마음입니다
오늘 아내는 속이 상한가 봅니다

시린 별 하나

누구나 저 별처럼 슬픔 하나 가지고 살아간다
그믐밤의 어둠이 짙어 유난히 반짝이면
쉽지 않은 삶이 쉽게도 무너진다

하지만 바닥에 넘어져야 바닥을 짚고 일어설 수 있다
가슴에 별 하나 시리게 빛나도
때론 아픔이 힘이 되어준다
넘어진 자리가 일어선 자리가 된다

밤은 언제나 멀고 길다
별은 또 날 선 칼처럼 선명히 반짝이지만
시린 별 하나로 삶은 다시 짙은 향기가 된다

누구나 저 별처럼 슬픔 하나 가지고 살아간다
시린 별 하나 가슴에 피어 울어야
쉽지 않은 삶을 짚고 다시 일어설 수 있다
삶은 향기가 되어 더욱 짙어질 수 있다

겨울이 오듯 따뜻한 나를 준비 중입니다

누구나 저 별처럼
슬픔 하나 가지고 살아가지만
시린 별 하나 가슴에 피어 울어야
삶은 향기가 되어 남습니다

봄의 연가

비는 잊히는 것들의 흔적이다
지워지지 않는 것들의 미련처럼
어찌 짐작이나 했겠는가
저 창을 두드리던 희망이
비처럼 속삭이던 절망이었다는 것을
다시 소금이 되어버린 사탕처럼
사라지지 않는 것들의 농담이었다는 것을

봄은 영영 오지 않으련가
나를 외면하던 너의 마음처럼
어찌 짐작이나 했겠는가
비는 너를 기다리는 나의 봄이었다는 것을
다시 태어나려 했던 것들이 모두 죽어버린
꽃이 피지 않은 향기였다는 것을

날 적시고 있는 투명한 슬픔들
너의 외진 풍경이 될 수밖에 없는
먼 그림자 같았던 빛 없는 어둠
그리하여 봄은 영영 오지 않는다
4월에 눈이 내리듯
아지랑이 사라지는 대지 위에
꽃 피지 못한 야생초
비는 너를 기다리는 나의 마음이다

봄의 연가

비는 잊히는 것들의 흔적이다
너의 외진 풍경이 될 수밖에 없는
날 적시고 있는 투명한 슬픔들

날 수 없는 개구리

모든 것은 처음부터 정해져 있다
날 수 있는 개구리는 없다
개구리는 새가 아니다

얕은 우물 속 올챙이 해가 지나가고 달이 지나간다 개구
리 가족은 삼대째 우물 속에서 살고 있다 젊은 시절의 아빠
개구리는 늘 높이뛰기를 하며 우물 안을 벗어나려 했다 하지
만 이제 아빠 개구리는 높이뛰기를 하지 않는다 모든 것이
다 있는 이곳이 오히려 복되다며 이곳에서 생을 마감하고
싶어 한다

날지 못하는 것은 뛸 수 있다
하지만 뛸 수 있다고
날 수 있는 것은 아니다

해가 지나가고 달이 지나가고 계절이 지나가고 어린 시절
올챙이도 개구리가 되었다 그리고 지난날의 아빠 개구리처
럼 높이뛰기를 시작한다 지켜보던 아빠 개구리는 헛된 힘을
빼고 있다며 못마땅해 하지만 젊은 개구리는 우물을 벗어나고
싶다 얕은 우물 속, 사실 물이 얕은 것이지 턱이 얕은 것은
아닌데도 개구리는 높이뛰기를 계속한다 이곳에서 생을 마
감하고 싶어 하지 않는다

뛰어야 한다
뜯겨진 상자에 남은 마지막 희망처럼
그것마저 하지 않으면 살 수 없다

계절이 지나가고 세월이 지나고 우물 속 개구리는 늘어나
고 있다 그들은 이제 높이뛰기를 하지 않는다 날 수 없다는
것을 알았고 뛰는 것마저 잊었다 노력도 없이 배고프지 않은
세대, 개천에선 더 이상 용이 나지 않는다 개구리가 날던
마법의 시대는 이미 지나갔다 개구리는 이제 날지 못한다

아빠 개구리는 할아버지 개구리에게서 들었다
하늘을 날아다니는 하늘 개구리는
옛날 옛날 아주 먼 옛날에 그런 일이 정말 있었다
하지만 희망은 훌쩍 뛰어 우물을 날아갔다
그것은 다만 옛날 일일 뿐이다

봄이 오면 무엇을 하나요

개나리 지고 벚꽃 피고 봄이 오면 무엇을 하나요 그대, 얼었던 땅에 물 대고 파란 싹이 나고 봄이 오면 무엇을 하나요 그대, 옷차림이 가벼워지고 그 색도 짙어지며 봄이 오면 무엇을 하나요 그대, 겨우내 눈 덮여 있던 무덤에 다시 햇살이 비치고 봄이 오면 무엇을 그리워하나요 그대, 당신은 봄이 좋다 말하고 겨울에 떠났죠 그래서 봄을 기다렸는지도 모르겠네요 그대가 혹시 다시 찾아와주지 않을까 노란 병아리 줄지어 지나가듯 마음에 피어오르던 아지랑이 기다리며 봄이 오면 무엇을 하나요 그대, 벚꽃이 눈처럼 쌓인 하얀 무덤가에 겨울나무처럼 바람만 품고 서 봄이 오면 무엇을 하나요 그대, 나는 그대를 찾아 봄을 오른답니다 그대

붉은 십자가

나는 울고 있는데
나는 울고 있는데
당신도 울고 있군요

나는 웃고 있는데
당신을 잊은 듯 웃고 있는데
당신은 울고 있군요

몰랐습니다
나 때문에 울고 있는 당신을
붉은 십자가엔 온통 눈물뿐이라는 것을

나는 울고 있는데
당신을 잊은 듯 울고 있는데
붉은 십자가엔 온통 눈물뿐이군요
당신도 울고 있었군요

제4부

이사를 가기로 한다

사랑하는 사람에게로 떠나고 싶다

문득 그리움이 달처럼 차오르는 날
사랑하는 사람에게로 떠나고 싶다
무거운 생각 하나 모퉁이에 내려놓고
경계 없는 바다를 건너 너에게 가고 싶다

꽃처럼 너를 안고 잠이 들고
늦은 아침에 일어나 커피를 마시며
한없이 너만 바라보다 다시
경계 없는 바다를 건너 돌아오고 싶다

문득 바람이 불어 꽃이 떨어지는 날
비마저 내려 마음까지 젖을지라도
너와 함께 수다를 떨며 울고 웃다
시간도 잊은 채 밤을 맞고 싶다

오늘도 삶은 어려웠다
답은 없는 것이라 위로하지만
어쩌면 그래서 너를 찾아왔는지 모른다
사랑하는 사람에게로 훌쩍 떠나왔는지 모른다

엄마

엄마는 흰색이다
밥이다
뜨끈하고 든든한 아침이다

엄마는 품이다
울타리다
온도가 조절되지 않는 아랫목
쉬어가는 사랑방이다

아니다
생각만으로도 눈물이 솟는
바라볼수록 아려오는
엄마는 엄마다

엄마는
그냥
내 엄마다
엄마는 아프다

오늘도 삶은 어려웠다
　　답은 없는 것이라 위로하지만
문득, 사랑하는 사람에게로 떠나고 싶어졌다

그리운 것들

그 섬을 그리워한다
고민 없이 낮잠을 청하고 영혼의 허기까지 든든히 채웠던

그날을 그리워한다
첫 키스의 전주곡처럼 흐르던 설렘과 따뜻했던 너의 손길

그 마음을 그리워한다
봄처럼 피어나던 너를 향한 거침없던 걸음을

그리워한다 그리운 것들을
나를 꿈꾸게 했던 젊은 추억을

'삶은 그대로인데 나는 그대로이지 못했다
세월이 좀먹은 것은 항상 나의 설렘이었다'

묻어둔 이야기

아버지의 눈물을 보던 날은 기억의 자리마다 작별이 빛나던 날이다 하루만 더 하루만 더 하던 아버지의 소망은 산울림이 되어 소멸되고 지워지기 시작한 삶은 강물이 되어 슬픈 맨살을 드러내고 울기 시작했다 찬란한 12월의 하늘에선 눈이 내리고 강은 사람이 오갈 수 있도록 꽁꽁 얼었다 땅끝 마을, 밤의 우체부가 찾아와 잠들어버린 아들 옆의 아버지를 데리고 강을 건너 떠났다

사람이 머물다 떠난 자리마다 세월의 상처가 돋아난다
날개 달린 편지는 없어
소식도 없이
죽어도 혹 아니 죽어도
만남은 언제나 슬픔을 만들어내는 시간
아이는 다시 자라지 않으려 한다

하지만 생의 끝은 다시 길에 닿아 있다 세월이 가는 소리
가 눈물뿐일지라도 그리운 섬처럼 이름이 남을지라도 내게
도 가장 황홀했던 당신을 위하여 종착역의 시간을 잠시 잊
어야 한다 회색빛 그늘에 앉아 울지라도 남자에게 아들이
아들에겐 아버지가 어제부터 오늘 사이 만남은 상처일지라
도 사랑하여야 다시 사랑할 수 있다 가을벌레처럼 그리움
을 덮고 잠들지라도 상처 없는 사랑은 없다 이별 없는 사랑
도 없다 알면서도 사랑은 사랑하기 위하여 스스로 아파한다

사람이 머물다 떠난 자리마다
세월의 상처가 돋아난다

삶은 그대로인데 나는 그대로이지 못했다
만남은 언제나 슬픔을 만드는 시간

그리워한다 그리운 것들을…

내 머리엔 이(蝨)가 살고 있다

내 머리엔 이(蝨)가 살고 있다
지나는 바람을 훔쳐다가
머리에서 가슴으로 밀어주고
내리는 햇볕을 훔쳐다가
머리에서 가슴으로 밀어준다

이놈이 보내준 바람과 햇볕은
차곡차곡 가슴에 쌓이고
가슴엔 씨앗 하나가 자라나
꽃이 피기 시작한다

하지만 이놈은 대가를 바란다
바람을 훔쳐 주고 햇볕을 훔쳐 주는 대신
장미보다 붉은 피를 빨아 먹는다
머리가 가렵기 시작한다

내 머리엔 이(蝨)가 살고 있다
가렵고 지저분한 머리에서
가슴을 내려가는 길을 만들고
붉은 피 꿀떡꿀떡 넘기며
가슴에 꽃 한 송이 피게 한다

사용 설명서

순서에 따라
읽고 만지고 설정하고
점점 너는 나를 닮아간다
내가 너를 사랑하기 시작한 것도
너를 만지기 시작하면서부터일 것이다

때때로 너는 나를 무시하듯 움직인다
단절되어버린 관계 속으로
스스로를 가두려고 한다
너는 나를 닮았다
다시 고쳐보기로 한다

너를 만지는 시간이 많아질수록
다툼은 더 많아졌지만
너는 더 사랑스러워졌다
나중에야 알았다
서로가 서로에게 닮아감을

하지만 사람은 고쳐지지 않는다
처음부터 순서는 없었다
결국 인정하는 것에서 다시 시작한다
너를 사랑하기 시작한 것은
너를 만지기 시작하면서부터다

너도 없고
나도 없고
너도 있고
나도 있는

매미처럼 울었다

그해 여름은 무척이나 뜨거웠습니다
소금을 만들지 못해서
눈물 구입해야 했습니다

아래로 하늘이 펼쳐지기도 했지만
결국 남은 것은 기다림이었습니다
다시 시간은 흐르는 것이 되었습니다
찬란한 바다와 담긴 바다 그리고 녹는 바다

희망은 아직 아픈 것이 되었습니다
아픈 것들이 부딪혀 내는 소리는 구원이었습니다
모래 사이로 무릎이 눕고 눈물이 떨어졌습니다

아직 소금을 만들지는 못했습니다
하지만 눈물을 사는 데만 7년이 걸렸습니다
시간은 다시 흐르는 것이 되었지만
모래는 짠물로 오아시스를 만들게 되었습니다

찬란한 바다와 담긴 바다 그리고 녹는 바다
오아시스는 자라나 그리운 시간이 만들어질 것입니다
그 날에 그가 다시 온다 했으니
시간은 다시 흐른 것이 되어야 합니다
처절한 무릎이 눕고 눈물이 떨어지고 다시 매미처럼

이사를 가기로 한다

이사를 가기로 한다
친구들을 불러 모아 잔치를 하고
아직 남은 마음의 찌꺼기를 버린다
다시 재활용되지 않는 찌꺼기들

길은 다시 갈림길이 되었다
원을 그리며 제자리만 맴돌던 길이
다시 꿈꾸기 시작한 것이다

먼 석양에 높이 솟아난 건물
배고픈 이들의 빵이 익고
갈망하는 이들의 목마름을 축여줄
일곱 칸의 희망

칸마다 꿈은 구름처럼 모여들었다
마음을 떼어내듯 불편한 모퉁이를 채우며
친구들도 꿈을 이야기했다
이상하게 꿈들은 닮아 있었다

칸칸이 다시 채워지는 일곱 개의 희망
친구들도 찌꺼기를 모아 버렸다
우리는 함께 길을 떠나게 된 것이다

서로 다른 일곱 개의 희망
높이 솟은 건물 굴뚝에서 연기가 난다
이사를 가기로 한다

이 하루도 웃을 수 있습니다

이 하루도 웃을 수 있습니다
나를 바라보는 까만 눈동자
내 품에 안겨 웃는 거짓 없는 미소
내 다리를 잡고 일어서는 사랑스런 아들이 있으니
그 티 없는 믿음이 나를 웃게 합니다

이 하루도 웃을 수 있습니다
할 줄 아는 것이 작아도
그 작은 것에 감사하며
나를 언제나 사랑한다 말해주는 그대 있으니
나는 지쳐도 웃을 수 있습니다

이 하루도 웃을 수 있습니다
서른이 넘어도 차 조심하라 하시고
아무리 바빠도 밥은 꼭 먹고 일하라 하시는 어머니
때론 세상이 나를 없는 듯 무시해도
사랑하는 어머니 계시니 웃을 수 있습니다

이 하루도 웃을 수 있습니다
사랑하는 사람들 내게 허락하시고
값없이 죄인을 구원해주신 은혜 있으니
내가 넘어진 곳이 어둠뿐일지라도
주님이 나와 함께 계시니 나 웃을 수 있습니다

생일 짜장면

무죄판결을 받고 아버지의 묘소로 간다
영롱한 그리움의 그늘
호들갑 떨던 소문들을 뒤로하고
견딜 수 없는 외로움이었다 말한다

세탁소, 화장품가게, 만홧가게, 입장료도 받지 않고 찾아
든 절망, 단전되지 않기 위해 자전거 페달을 밟듯 슬픔을 밟
고 지나가는 마른 돌밭 길, 하얀 와이셔츠에 짜장이 튄다 생
일날마다 먹었던 짜장면 곱빼기, 무죄를 인정하기까지 21년
이 걸렸다 하지만 아직도 마음의 끝을 향해 가지 못하고 있다

어머니의 남자를 아버지라 새로 부른다
마음속의 짜장면보다 맛없는 서른 살의 짜장면
소주는 사가지 않기로 했다
어린 시절 그때처럼 아버지는 지금도 아프시다

아내는 결혼 전부터 땅끝 마을에 가보고 싶었다 장모님이
내려주신 무죄판결, 11살 내가 아버지를 부른다 다시 맛있
어질 것 같은 짜장면, 살찐 입가에 짜장이 묻는다 아직 약속
을 지키지 못했다 생일날마다 먹었던 짜장면, 오늘은 내가
다시 태어난 날이다 눈물이 먼저 맛을 내는 짠 짜장면, 옛날
보다 맛은 없다

간절

찬란히 슬픈 바람의 풍경이 열리고
외줄 위의 잠자리처럼 앉아 있는 내게
늦은 기차역에서 그대

나를 사랑했다 말하지 말아주오
막차를 기다리며 올려다보는 시간
함께 나눈 자상한 시간이 지나고

창백한 꿈이 현실이 되어 다가오는
돌아서 걸어가는 길고 어두운 그림자
그대여 내 곁을 떠나지 말아주오

내겐 언제나 당신이 해답이었으니
이제 그만 울지도 못하는 나를 남겨두고
그대여 제발
밤에 지는 꽃처럼 떠나지 말아주오

이 하루도 웃을 수 있습니다
서로 다른 일곱 개의 희망

다시 꿈꾸기 시작합니다

할 줄 아는 것이 작아도
그 작은 것에 감사하며
지쳐도 나 웃습니다

티 없는 믿음이 나를 살게 합니다

장모님의 뜨개질

장모님이 뜨개질을 하신다
딸이 고생 끝에 받아온 석사모를 쓰고
처음엔 남편이었고
다음엔 아들이었고
이제는 사위에게 줄 뜨개질을 하신다

군인의 아내로 삼십 년
세 아이의 부모로 삼십 년
바르고 성실하게
인내하며 검소하게
장모님은 뜨개질을 하셨다

다시 장모님은 뜨개질을 하신다
나처럼 살지 말라며 반대하셨던 결혼
풍만한 사위가 미워 눈을 흘겨도
뜨개질 옷의 주인은 사위가 되었다

다음은 며느리가 될 것이다
첫째사위도 없이 둘째사위를 맞으며
결국 뜨개질 옷은 손주들 차지가 될 것이다
육십 평생 한 번도 자신이지 못했던 뜨개질 옷
딸의 석사모는 어머니의 석사모였다

파 다음에 달걀

둔황 서쪽 팔천 리
실크로드가 지나가는 설산고원 파미르
파미르 고원이 한자로 총령(蔥嶺), 파가 많은 고원이란 뜻이지

여름이면 지평선 한가득히 파꽃이 핀다
노을이 지면 파꽃 핀 고원도 함께 붉게 물들고
인생도 파꽃처럼 매워 눈물로 붉게 물든다

혜초는 그 먼 곳까지 왜 떠나갔는가

달걀을 풀어야 날카로운 파를 달래 수 있으니
배고픈 영혼이 맛난 라면을 먹기 위해
혜초가 달걀을 찾으러 떠난 것이지

국물이 좋은 것은 파도 있고 달걀도 있어서지
혜초가 먹던 파를 나도 먹고 있네
달걀을 풀어 둥글고 부드럽게

아, 인생이 달걀 속에 숨어 있구나

(김훈의 소설 『공무도하』를 읽다가)

비처럼

삶이여
비처럼 이 땅에 내렸다
비처럼 고이고
비처럼 흘러
비처럼 떠나가라

가랑비처럼 사랑에 젖고
누군가의 마음에 소나기처럼 고였다
슬픔도 잊은 채 강과 함께 떠내려가라

때론 자라는 것들의 해갈이 되어주고
때론 꿈꾸는 이들의 일곱 빛깔 다리가 되어주고

삶이여
비처럼 내렸다
비처럼 떠나가라

너무 많이 울어 마음의 강을 범람케 하지 말고
산허리 할퀴듯 상처도 주지 말며
다만 그립게 내렸다 아쉽게 떠나가라
다시 보고파 그 이름 부를 수 있도록

쉼표

아침에 일어나 햇살에 잠을 말린다
마음의 아날로그를 찾아 시간을 깨우고
삶은 조금 더 낯설어졌다
낯선 것은 더 설레인다

배꼽시계가 울리면 식사를 하고
가깝지만 멀었던 바다를 찾아가
내가 그리웠을 너에게 인사를 한다
지루하지 않은 평안으로 다시 들여다본다

악취로 가득했던 욕망의 하모니들
거울 속 청년은 마음의 노인이 되기로 했다
몸이 가벼워야 멀리 갈 수 있다
가진 것의 반을 지난 길에 놓아둔다

노을이 지고 별이 뜨고
기타를 치며 노래를 부른다
단잠이 머무는 새벽
닭이 울기 전에 잠이 들기로 한다
내일은 비가 와도 좋을 것 같다

가난한 사랑노래

울음으로 변해버린 말들
절망하지 않고 다시 사랑할 수 있으랴
더듬거리는 눈물로 말하라
먼 나라의 전설 같은 안개꽃이 피었다고

목구멍 속에서 눈보라가 날린다
세월 속에 밤은 길어도
사랑은 어린아이의 미소 같아서
사랑에 가난한 자가 더 행복하였다

하지만 우리는 더욱 잊히기 쉬운 날이다
사랑의 풍경 속에도 그리움의 달은 뜬다
어찌 절망하지 않고 다시 사랑할 수 있으랴
절망 속에서 말하라

갈대 소리는 바람이라고
먼저 사랑한 것이 행복이라고
바람이 갈대를 울리고
갈대가 강을 따라 흐른다고
강이 바다가 되듯 그리움도 사랑이라고

소박한 밥상

소박한 밥상엔 소박한 삶이 담겨 있네
어머니의 잔소리처럼 매운 고추와
아내의 지갑처럼 짠 된장이 얼얼하게 하지만

친구와 나누는 대화처럼 칼칼한 국물과
할매의 구수한 사투리 같은 숭늉이 속을 달래는
소박한 밥상엔 소박한 삶이 담겨 있네

때론 거짓된 유혹처럼 달고
헛된 욕심처럼 느끼함이 가득해
소박한 밥상이 먹을 것 없는 식사가 되기도 하지만

어머니의 마음처럼 쌈을 싸고
아내의 배려처럼 전을 부쳐
아버지의 삶 같은 막걸리 한 잔과 함께 쓸어내리며

쓴맛도 신맛도 떫은맛도
소박한 식사처럼 뜨끈해져 오네
고되고 지친 삶과 하루가
아이들의 요란한 잠처럼 평온해지네

함박이에게

꽃처럼 웃고
눈처럼 사람들의 마음에 쌓이는
사람이 되었으면 좋겠구나

너를 처음 만나던 날
아빠는 소리도 없이 울었단다
아가야 너무 고맙고 대견하구나

때론 아빠가 된다는 것이
어려운 수학문제를 풀어가듯
힘들고 낯설지만

함박이가 있어
세상은 더 아름답고
즐거운 곳이 되었단다

아가야
꽃처럼 웃고 눈처럼 쌓이려무나
네가 세상과 만나는 날
아빠도 꽃처럼 눈처럼 기다리고 있을게

내가 사랑한 모든 것은 그리움이었다

김한나(중등 교사)

내가 사랑한 모든 것은 그리움이었다

김한나(중등 교사)

시인…이었어?!

놀랐다. 그가 시인이란다. 문학 교과서 속 고고하고 날카로운 이미지의 시인과는 전혀 다른 둥글둥글 곰돌이 푸우 이미지의 이선명, 그가 시인이란다.

시인의 이미지는 아닌 듯한데 벌써 4집을 준비한 시인 이선명, 그가 들려주는 이야기는 어떤 것일지 불현듯 궁금해졌다.

4집의 첫 문을 여는 자서 「억새 사이로」부터 삶에 맞서 한 걸음 내딛을 때마다 상처받고 꿈의 일부분을 접어야 하는 현실에 아파하고 울던 청년의 모습이 3집과의 연결고리가 되어 이어진다.

바람처럼 슬프게 웃는다
흔들리는 지난날의 열정
언제나 자유롭고 싶었다
사라지는 것이 아니라
보이지 않는 선명한 흔적이고 싶었다

－「억새 사이로」 중에서

　이 연결고리를 위해 위 시를 자서로 선정한 것일까 하는
의문을 던지며 시집을 읽기 시작한다.
　시인으로서 자조적인 모습은 3집보다 4집에서 좀 더 유
머러스하고 부드럽게 표현되었다. 특히 「지구 속 시인」에
서 자신을 지구 적응에 실패한 외계인이라 지칭한 이야기
에서는 혼자 큭큭 소리 내며 웃었다. ‘시’ 그리고 ‘시인’에
대한 나의 생각이 그랬는데 그에게 들킨 것처럼 말이다. 여
기서도 시인은 포기하지 않고 언젠가는 소음으로 여겨지는
시가 노래로 들리게 될 것이라며 희망을 꿈꾼다.

　휘리릭 책장을 넘기며 살펴보니 형식의 변화가 먼저 눈
에 띈다.

모든 것은 처음부터 정해져 있다
날 수 있는 개구리는 없다
개구리는 새가 아니다

　얕은 우물 속 올챙이 해가 지나가고 달이 지나간다
개구리 가족은 삼대째 우물 속에서 살고 있다 젊은 시
절의 아빠 개구리는 늘 높이뛰기를 하며 우물 안을 벗
어나려 했다 하지만 이제 아빠 개구리는 높이뛰기를
하지 않는다 모든 것이 다 있는 이곳이 오히려 복되다
며 이곳에서 생을 마감하고 싶어 한다

　날지 못하는 것은 뛸 수 있다
　하지만 뛸 수 있다고
　날 수 있는 것은 아니다

　해가 지나가고 달이 지나가고 계절이 지나가고 어린
시절 올챙이도 개구리가 되었다 그리고 지난날의 아빠
개구리처럼 높이뛰기를 시작한다 지켜보던 아빠 개구
리는 헛된 힘을 빼고 있다며 못마땅해 하지만 젊은 개
구리는 우물을 벗어나고 싶다 얕은 우물 속, 사실 물이
얕은 것이지 턱이 얕은 것은 아닌데도 개구리는 높이
뛰기를 계속한다 이곳에서 생을 마감하고 싶어 하지
않는다

　뛰어야 한다
　뜯겨진 상자에 남은 마지막 희망처럼
　그것마저 하지 않으면 살 수 없다

　－「날 수 없는 개구리」 중에서

연과 행이라는 틀에서 벗어나 운문과 산문의 경계를 넘
나드는 솜씨가 더 자연스러워졌다. 연과 행이 구분 지어진
부분에서는 시인의 숨결을 따라 천천히 흐름을 이어갔고
구분 없이 산문처럼 이어진 부분에서는 막힘없이 흘러가는
시인의 호흡을 쫓아가며 시를 읽었다. 연과 행을 무조건 띄
우거나 붙였더라면 시의 읽는 맛이 사뭇 달랐을 것이라는
느낌이 든다. 이러한 호흡들을 계산하여 시를 쓰는 것일까?

또한 사물과 생활의 소소함에 대한 시인의 재밌는 이야
기들 또한 시를 읽는 즐거움 중 하나였다. 비누, 고양이,
집, 맹장수술, 계란과 대파 등 다양한 이야기가 있었지만
그중에서도 종이컵에 대한 시인의 시선은 새롭고도 오묘한
재미가 있었다.

오직 한 사람과 입맞춤을 하려 한다
내 안에 담은 것과 상관없이
운명처럼 가벼운 나의 존재는
오직 한 번만을 허락받았다

한 사람과의 목숨 같은 짧은 교류
마음이 하나뿐이듯 사랑도 한 번뿐이다
그리하여 나의 사랑은 첫사랑이며
또 마지막 열정이다

나는 외롭지 않다 아니 그럴 수 없다

내가 담은 것을 그대도 담았으니
결국 잊히는 가벼움일지라도
한 번뿐인 사랑엔 후회란 없어야 한다
모든 것을 걸고 사랑해야 했다

– 「종이컵 그리고 사랑」 전문

커피 한 모금을 마시고 구겨진 채로 버리는 종이컵으로부터 일생에 단 한 번뿐인 애절한 사랑 이야기를 끌어내다니…… 제목을 보지 않고 시만 읽었을 때는 애절하고 뜨거운 사랑 이야기인 줄 알았는데, 제목을 본 순간 시인의 재치와 상상력에 나도 모르게 감탄이 절로 나왔다.

시인의 이야기에서 빠지지 않고 등장하는 것이 가족이다. 특히 4집을 준비하는 기간에는 결혼이라는 시인 인생의 큰 변화가 있었다. 따라서 4집의 시에서는 원가족(아버지, 어머니, 동생)에 대한 이야기에서 더 나아가 아내, 장모님이라는 새로운 가족들에 대한 이야기들을 들려주면서 시인의 보다 넓어진 생각과 시야를 볼 수 있었다.

장모님이 뜨개질을 하신다
딸이 고생 끝에 받아온 석사모를 쓰고
처음엔 남편이었고
다음엔 아들이었고

이제는 사위에게 줄 뜨개질을 하신다

－「장모님의 뜨개질」 중에서

　「장모님의 뜨개질」에서는 날 낳아준 어머니와는 다른 듯
하나 결국에는 그 모정과 다르지 않은 장모님의 가족에 대
한 따뜻한 사랑에 대해 이야기한다.

　특히 인생의 동반자인 아내에 대해 시인은 자주 이야기
를 털어놓았다. 오랜 기간 연인에서 아내가 된 그녀에 대해
시인은 새로운 감정과 느낌을 받았던 것 같다.

집 안에 해가 떴습니다
집으로 돌아오는 길이 외롭지 않게
환한 햇살이 지친 골목을 비춰옵니다

－「아내」 중에서

　「아내」에서는 아내를 자신을 외롭지 않고 춥지 않게 따
스한 햇살을 비춰주는 해로 비유하면서 아내에 대한 시인
의 사랑과 따뜻하고 행복한 그들의 결혼 생활 이야기를 들
려준다.
　마지막으로 시집의 곳곳에서 삶에 대한 시인만의 관점을

볼 수 있다. 전작 시들에 이어 이번 4집에서도 삶에 대한 그의 관점은 다소 부정적이고 날카롭고 아픔도 담겨 있지만 결국 그가 삶에서 발견한 것은 작지만 밝은 꿈과 희망이다.

여기는 나입니다
겨울이 오듯 따뜻한 나를 준비 중입니다
생각만큼 쉽진 않지만
그래도 꿈은 더 커져 있습니다

– 「여기는 희망입니다」 중에서

어려운 현실 문제들로 인해 쉽게 보이거나 느껴지지 않더라도 그 속에서 그가 발견하고 꿈꾸는 따뜻한 소망을 그와 함께 찾아냈을 때 시를 읽는 기쁨은 더 커지고, 삶에 대한 소망 또한 커지는 것 같다. 이 맛에 시인의 시를 읽게 되는 것 같다.

삶은 물속을 걷는 것이라네
때론 숨 쉬기조차 어려울 때도 있지만
그래도 혼자가 아니니 웃을 수 있다네

한 곳에 머무르지 못했고
조류에 따라 이리저리 휘청였지만

너무 힘들면 물 밖으로 나와
잠시 휴식을 취하듯
걸어온 먼 길을 돌아보며 숨을 고르고

삶은 물속을 걷는 것이라네
오색 열대어가 소곤대듯 모여들고
햇살이 심연으로 들어와 길을 비추는
삶은 그래서 살아볼 만한 것이라네

깊어질수록 더 고요해진다네
삶은 외롭지 않아야 한다네
그래서 우리는 사랑한다네

– 「삶은 물속을 걷는 것이라네」 전문

  한 여자의 남편에서 이제 곧 그는 아버지가 될 것이다. 4집에 이어 5집에서는 아버지가 된 시인이 사랑에 대해, 삶에 대해 어떠한 시선으로 볼 것인지 그리고 어떠한 이야기를 들려줄 것인지 기대가 된다.